AF586871

COMPLAINTE

SUR LA MORT

DU

DROIT D'AINESSE.

AF 5/1927

10 300 R.

IMPRIMERIE DE VICTOR CABUCHET,
RUE DU BOULOI, N° 4.

AVIS

DE L'ÉDITEUR.

Cette Complainte étant la seule véritable, nous prévenons le public qu'il ne doit pas en acheter d'autres, de même qu'il ne saurait trop prendre de celle-ci.

P. S. Par la même occasion, l'Éditeur supplie la foule de ne pas trop endommager sa boutique, dont les carreaux tout neufs ne sont pas encore payés.

PRÉFACE.

Je puis dire, sans m'en faire accroire, que je suis un particulier très-connu depuis long-temps; et un chacun sait que je suis bon enfant. Or donc ainsi je n'irai pas par quatre chemins; et je n'ai pas besoin de faire des phrases et des péroraisons préparatoires pour entrer en matière.

Quoique je sois cadet et puîné, dans ma position, j'ai bien le droit de n'être pas partisan du droit d'aînesse; et du moment que ça est venu sur le tapis, je me suis levé contre avec impartialité. Je me suis dit à l'instant ce beau vers de Molière ou de J.-J. Rousseau, dans une tragédie que je pourrais prendre pour épigramme de mon intitulé :

Un frère est un ami que nous donne la nature.

Et je me suis écrié : Quoi! on va en faire un ennemi légitime, en donnant à l'un des avantages spécieux ou particuliers que les autres n'auraient pas d'après les indispositions d'un projet de loi qui établirait le préciput et la primogéniture comme dans l'ancien régime présenté par M. le garde des sceaux à la Chambre des Pairs de France!

Non, cela ne vaut rien pour le moment actuel; et ça ne passera pas, me suis-je dit à moi-même, comme une lettre à la poste. . . . .

J'avais eu le nez bon, com-

che sur le budjet de forts appointemens, pendant moi que je paie dans l'obscurité mes impositions directes et indirectes.

Mais est-il exigeant que je fasse la profession de foi de mes principes et de mes sentimens que je partage? Hé bien! je ne demande pas mieux; et je peux la crier tout haut, avec l'assurance d'un bon citoyen et d'une conscience pure.

Je suis attaché à la Charte et aux institutions, autant que je pourrais l'être au gouvernement représentatif.

cela me fait bouillir d'indignation.

Tout le monde connaît l'humeur naturelle de mon petit chien, qui est, ainsi qu'ils disent, comme le chien de Jean de Nivelles. Si d'aucuns particuliers qui brouillent journellement toutes les affaires du royaume, et qui s'y entendent joliment, étaient de ce caractère-là, foi de Cadet Roussel, je les appellerais de toutes mes forces.

Enfin, pour finir par une conclusion finale comme j'ai

commencé, je peux me vanter que je suis Français, et j'ai voulu faire voir comme quoi que je suis un peu troubadour.

COMPLAINTE

SUR LA MORT

DU DROIT D'AINESSE.

Sur la même Air de toutes les plus fameuses complaintes.

I.

L'AN huit cent vingt-six et mille,
Dans le temps de jubilé,
Par Montrouge (*) un peu stylé
Et se croyant fort habile,
Monsieur le garde-des-sceaux (**)
Un jour nous prit pour des sots.

(*) Montrouge est un joli endroit proche la barrière d'Enfer où ce que les Jésuites ont mis leur quartier-général.

(**) C'est le ministre de la justice sur qui roulent les tribunaux, comme qui dirait qu'il tient la balance et qu'il pèse.

II.

Contre le droit de nature (*),
En trop zélé *factotum*,
Il se charge d'un *factum*
Pour la primogéniture (**) :
Aussitôt, de toute part,
Le canon d'alarme part.

(*) Le droit de nature est, selon que disent aucuns auteurs, écrit dans le droit naturel. Toutefois, cette opinion n'est pas adoptée par le général des savans, puisqu'il y en a d'aucuns qui avancent que c'est le droit naturel qui est écrit dans la nature.

(**) La primogéniture, c'est comme quoi on est né le premier : c'est ce qui fait qu'on est l'aîné. Ainsi, un exemple : moi, j'aurais un frère jumeau qui est né le second; hé bien! pour lors, je serais le cadet.

IV.

Les cadets font pacotilles
De certain légume sec (*),
Afin de troquer avec
Les amateurs de lentilles,
Pour ce droit que d'Esaü
On sait que Jacob a eu.

V.

En vain l'on leur fit un crime
De se plaindre et de grogner,
Lorsqu'on voulait leur rogner
La portion légitime :
Tout le monde bien gaiment
Prépara son testament.

(*) Je sais bien qu'il fallait *sèche*, mais j'ai cru devoir mettre, pour que ça rime, *sec*.

VIII.

Sans plus de pitié qu'Hérode
Pour les cadets innocens,
Il les attaque en tout sens;
En lambeaux il met le Code;
Puis il traite Montesquieu (*),
Ainsi qu'un petit monsieu.

« milieu des bois. Ceux que j'invoque, au « contraire, sont les sentimens naturels de « l'homme moral, de l'homme cultivé et « poli. » (Discours de M. de Peyronnet, séance de la Chambre des Pairs, 29 mars. — MONITEUR, papier officiel.)

(*) Défunt M. le président de Montesquieu était un malin qui a écrit sur les lois, et qui était plus fort que bien des ministres des plus huppés. En revanche, il y a des ministres qui sont plus forts sur la poésie que Montesquieu, selon ce que m'a dit mon propriétaire qui a lu les vers cités sur le *Mercure du XIXe siècle.*

IX.

Un procureur de Bretagne,
Qui n'est pas La Chalotais (*),
Vint plaider, comme au palais,
Tout en battant la campagne :
Il dégoisa tant qu'il put
En faveur du préciput.

(*) Feu M. de La Chalotais, que les Jésuites firent mettre en prison, et auquel ils n'ont point pardonné cela. C'est le même qui vient d'être défendu solidement par M. Bernard, célèbre avocat au barreau de Rennes, où M. le comte de Corbière, au jour d'aujourd'hui ministre de l'intérieur, s'est fameusement distingué comme procureur.

X.

Le ministre de la guerre
Vint prendre part au combat;
Pour terminer le débat
Avec sa voix de tonnerre,
Comme un terrible Attila (*),
Il vint mettre le holà.

(*) J'ai trouvé sur le Dictionnaire de l'Histoire, que ce tyran guerrier était un Hun; cet Hun n'était pas cet autre qui fut appelé d'abord le *Fils chéri de l'Eglise*, et puis après le *Fléau de Dieu*, et qui fit de son frère Joseph le tyran illégitime de l'Espagne.

XI.

Ce dernier (on nous l'assure),
D'un ton de voix solennel,
Dit que le droit naturel
Est écrit dans la nature (*) :
Nul ne contesta ce point,
Et l'on ne réclama point.

(*) « Le droit naturel de l'homme (tel « qu'on doit l'entendre) n'est et ne peut « être autre chose que le droit de l'homme « dans l'état de nature... Or, ce droit cesse « évidemment là où l'état de société com- « mence ; et comme il est naturel à l'homme « de vivre en société, il en résulte que l'état « de société est l'état naturel de l'homme ; « et par conséquent les droits qui résultent « de l'état et de la nature de la société, sont « les véritables droits naturels. » (Discours de M. de Clermont-Tonnerre à la Chambre des Pairs, séance du 5 avril 1826.)

XII.

Un ami du ministère,
De paroles dans un flux,
Dit : « Messeigneurs, *fiat lux*
« Dans cette obscure matière ;
« Car, quoique j'en parle bien,
« Ma foi, je n'y comprends rien. »

XIII.

Puis un autre dit en somme :
« Je veux parler un moment ;
« Il est clair, mon argument ;
« Je l'explique, et voici comme :
« L'aîné prendra tout le bien,
« Et les autres n'auront rien. »

XIV.

On avait bien raison d'être
Peu content de ce bagoût :
Tout le monde n'a pas goût
A se faire moine ou prêtre ;
Et les filles, bien souvent,
N'aiment guère le couvent.

XV.

Dessus la première article,
Quand on eut dit son latin,
On vota par le scrutin,
Et la Chambre dit : BERNICLE.
Du moment que ça se fit,
Le projet fut déconfit.

XVI.

Tous les pétitionnaires,
Que monsieur de Saint-Chamans
Traita, sans ménagemens,
En révolutionnaires;
Les bons Pairs, pendant ce temps,
Les traitaient en bons enfans.

XVII.

Aussi, monsieur de Chabrole (*)
Déblaterait de son mieux
Contre tous ces factieux :
Et cela paraissait drôle.
Mais dans sa famille assez
Les cadets sont bien placés.

(*) Je me suis permis, par licence, de mettre un *e* au bout du nom de M. le comte de Chabrol de Crouzol, ministre de la marine, et particulier très-connu dans les montagnes d'Auvergne.

XVIII.

Au milieu de la séance
De messieurs les Députés,
Sortit, d'un air dépité,
Le ministre de finance;
On vit son nez s'allonger:
Ce qui fit beaucoup songer.

XIX.

Raviver le droit d'aînesse,
Quand nous sommes tous contens
Qu'il soit mort depuis trente ans,
C'est n'avoir pas trop d'adresse:
Ceux qui font de tels projets
Ne sont pas de fiers cadets.

XX.

Tout Paris, dans l'allégresse (*),
Veut enterrer le défunt;
Pour lors on voit un chacun
Illuminer sa fenêtre (**):
On prend les pétitions,
Pour allumer les lampions.

(*) L'auteur avait écrit d'abord *dans le bien être*; puis il a mis *dans l'allégresse*, voulant apparemment un terme plus énergique. Quoiqu'il soit un peu hasardé de faire rimer *allégresse* avec *fenêtre*, nous avons conservé cette version pour la rareté du fait et par respect pour le texte. *(Note de l'Editeur.)*

(**) Je suis bien aise moi-même que l'histoire sache que j'avais mis trois chandelles sur mes cinq croisées, dans la rue Saint-Martin, quoiqu'elles soient montées un peu haut dans l'escalier. Mais je veux conter, à

XXI.

Ce grand jour, où l'on tint ferme
Pour notre Charte en péril,
Est le huitième d'avril :
C'est juste le jour du terme
Pour les emménagemens
Et les déménagemens.

PROPRIÉTÉ DE L'ÉDITEUR.

propos *d'illuminations*, comme il y en a d'aucuns qui font de drôles de *pataquès*, quand une personne n'a pas été éduquée à lire sur les livres et qui ne savent pas le dictionnaire. Ce soir-là, je rencontre un faubourien qui me dit : « Tiens, et toi, as-tu « vu les *humiliations?* » Je ne pus m'empêcher de rire en me tenant les côtés, et je me dis : « Ah bien ! en voilà une sévère ! »

www.ingramcontent.com/pod-product-compliance
Lightning Source LLC
LaVergne TN
LVHW052030160826
845678LV00003B/1263
9782329630212